BANQUET

A L'OCCASION DE LA NAISSANCE ET DU BAPTÊME

PRÉSIDÉ

Par M. ACKER (du Cher).

— 14 juin 1856 —

LE

PRINCE IMPÉRIAL

OU LES

DEUX OFFRANDES

POËME EN TROIS CHANTS

PAR

LE COMTE DE ROCHEFORT

VICE-PRÉSIDENT DU BANQUET

PRÉCÉDÉ

D'UNE ALLOCUTION ET SUIVI D'UN DISCOURS

PAR M. ACKER

PARIS

IMPRIMERIE SIMON RAÇON ET Cᵉ, RUE D'ERFURTH, 1.

—

1856

ALLOCUTION

PRONONCÉE PAR M. ÉMILE ACKER (du Cher).

A L'OUVERTURE DU BANQUET

A cinq heures, les vastes et magnifiques salons de
M. Douix, au Palais-Royal, étaient ouverts aux fidèles
qui ne laissent échapper aucune occasion de se réunir.
A six heures, sur l'invitation du président, chaque con-
vive a pris la place à lui désignée par MM. les commissaires. M. Acker, restant debout, a ouvert la séance par
une allocution expliquant d'une manière précise le but
de la réunion. On a surtout remarqué et applaudi les
paroles suivantes : « Messieurs, dans ces derniers temps,
les Anglais ont été à la hauteur des Français, les Français à la hauteur des Anglais. Les Piémontais ont égale-
ment prouvé quelle était leur vaillance; c'est-à-dire
qu'ils forment tous une pléiade de héros inscrits dans
les annales de notre histoire moderne. L'Occident les a
envoyés en Orient, et l'Orient aura à s'applaudir d'avoir
vu arriver ceux qui lui apportent la civilisation réelle.

Notre patrie s'enorgueillit à présent du bonheur dont elle jouit.

« Paris voit tous les jours des embellissements nouveaux, et la capitale devient ce qu'elle doit être, la première ville du monde! Dans ces circonstances, nous porterons les toasts suivants : Aux enfants de France! Aux enfants de la France! »

M. Acker a ensuite remercié les commissaires des soins empressés qu'ils ont bien voulu prendre afin que cette fête fût digne, en tous points, d'une solennité qui a réuni tant d'amis connus par leur dévouement à la famille impériale.

Enfin l'honorable président termine en annonçant qu'une collecte sera faite en faveur des malheureuses victimes de l'inondation.

La pièce de vers suivante a été lue au dessert :

LE
PRINCE IMPÉRIAL

OU

LES DEUX OFFRANDES

Poëme en trois chants.

CHANT PREMIER

PREMIÈRE OFFRANDE

DE LA PART DE L'ARMÉE A LA FRANCE

— SÉBASTOPOL —

Debellare superbos.

I

L'aigle n'enfante point la timide colombe,
Ma preuve, une victoire : une insigne hécatombe !
Napoléon périt sur un rocher affreux,
Loin des murs de Paris, captif à Sainte-Hélène,
En léguant, grâce aux traits de la Parque inhumaine,
Ses manteaux à ses neveux.

Un d'eux à peine a ceint le diadème :
Déjà le czar, en son orgueil extrême,
   Pensant que d'immenses États
L'érigent le premier parmi les potentats,
A conçu le dessein d'envahir le Bosphore,
D'avoir Constantinople, après?... qui sait encore?
D'avoir la Grèce à lui, de subjuguer ses mers ;
Téméraires projets, l'effroi de l'univers.
Mais on peut maintenir sa fougueuse pensée,
   Son ambition insensée.
On pourra contenir ce fleuve menaçant,
   Contre l'Europe s'avançant.
Notre flotte bientôt a déployé ses voiles,
Et franchi l'Hellespont sur la foi des étoiles.
Nos soldats ont quitté les remparts byzantins,
Aux rives de Crimée assurés des destins.
Dix mois sont écoulés, la ville inexpugnable,
Sébastopol la vaste, enceinte impénétrable,
Aux créneaux cimentés, aux terribles dehors,
Aux cents rangs de canons qui garnissent les forts,
Tel qu'un tigre aux abois, sous notre pouvoir tombe :
L'aigle n'enfante point la timide colombe !

II

Guerriers de l'Occident ! en ces jours solennels,
On vous a vus cueillir des lauriers éternels !
   Nobles enfants des héros de Brienne,
   De Marengo, de Lodi, de Vienne,
Des plateaux de Moscou, d'Iéna, d'Austerlitz,
En vous voyant vous battre et vous montrer leurs fils,
Vos pères ont crié, sortis du sein des tombes :
L'aigle n'enfante point les timides colombes !

III

Les croisés, autrefois l'honneur de l'Orient,
Vous voyant foudroyer cette ville... un géant,
Ont cessé de dormir, et, quittant les suaires,
Ont frémi tout à coup, immenses ossuaires ;
Étonnés, ont surgi Richard Cœur-de-Lion,
Châtillon, Lusignan, Godefroi de Bouillon ;
Nos aïeux, les croisés, ont crié hors de tombe :
L'aigle ne produit point la timide colombe !

Pouviez-vous à l'honneur faire un moment défaut ?
On a vu dans vos rangs l'ombre de Saint-Arnaud.
Un brave parmi nous est remplacé bien vite,
Quand un grand cœur finit, un autre ressuscite :
Saint-Arnaud étant mort, Pélissier vous guidait ;
Ce chef était l'exemple, et sa vaillante épée,
    Sur un tombeau nullement usurpée,
        Au feu vous commandait.

IV

Vous voyant mépriser le trépas, si tranquilles,
Les anciens, trois cents héros des Thermopyles,
        Se sont aussi levés,
        Ils se sont soulevés !
    Des temps passés, vieux morts, ombres émues,
    Léonidas a parcouru les rues ;
Il a compté les murs, les créneaux écrasés,
Et dans Sébastopol obus, canons brisés.

Et les trois cents alors ont crié, hors des tombes :
L'aigle n'enfante point les timides colombes !

Nous devons d'autant plus applaudir ces succès,
        Que l'ennemi fut sublime;
        L'honorer est légitime;
Sa valeur fait briller Turcs, Anglais et Français.
Puisqu'ils ont bravement soutenu nos attaques,
Impartiaux, sachons respecter les Cosaques.
Ne rions point non plus du colosse du Nord
Qui vient de succomber sous un magique effort.
Lorsque Michel foulait avec le fer de lance
L'archange renversé, ce souverain immense,
Il le contenait bien sous un pied éternel,
Mais il ne raillait point l'ennemi de Michel.

Récitons réunis ces belles épopées,
Des camps impériaux grandes prosopopées !
Honneur à la marine! on doit à ses efforts,
Comme aux feux violents qui partaient des sabords,
Une part du succès, peut-être la victoire.
Le triple pavillon jette un reflet de gloire.

Piémontais! comment ici vous oublier?
Vous nous avez prêté votre rude assistance.
Dites à votre roi, partageant le laurier :
Toujours les braves gens sont honorés en France!

CHANT DEUXIÈME

LES SOUHAITS

Lucida sidera.

CHŒUR DES JEUNES GENS.

La France veut un rejeton
De Napoléon.

CHŒUR DES DAMES.

Eugénie, entendez, le pays vous demande
A vous une offrande.

CHŒUR DES JEUNES GENS.

La France veut un rejeton,
Un héritier du canon.
A ses vœux il faut satisfaire,
Que Dieu veuille la rendre mère !

CHŒUR DES DAMES.

Madame, il ne suffit pas
Qu'on voie à vos bienfaits l'empreinte de vos pas :
Assise sur le trône,
La grâce vous environne.
Vous procurez aux indigents
Des secours, des aliments.
Vous faites votre étude
De secourir la noble multitude,

Noble par sa pauvreté
Et son intrépidité
Au sein de l'épaisse mitraille,
Dans les jours de bataille ;
Mais ce n'est pas assez, nous vous le répétons.

CHŒUR DES VIEILLARDS.

Ces dames disent bien, qu'on suive leurs leçons.

CHŒUR DES DAMES.

La reine ici n'engendre point de fille ;
Citons Blanche de Castille :
On lui doit Louis neuf, ce beau fils vigoureux,
Lion qui, de son bras nerveux,
Tuait les Sarrasins aux plages de l'Égypte.

CHŒUR DES VIEILLARDS.

Après ? voyons la suite.

CHŒUR DES JEUNES GENS.

Les dames ont raison,
Il nous faut un garçon.

CHŒUR DES DAMES.

Jeanne d'Albret a fait le diable à quatre,
Qui sut aimer, boire et se battre,
Et qui ralliait, si grand,
Sa noblesse sanglante à son panache blanc.

Sans remonter si haut, une Espagnole mère,
Dans ses appartements fit voir au peuple ami,
En son berceau Louis quatorze endormi.
Attendrissante vue, à la France bien chère,

Alors l'enfant semblait, emblème du soleil,
Dans le sein de Thétis attendre son réveil.
L'enfant que nous avons sentira dans ses veines,
Le sang esprgnol fier, un peu présomptueux ;
Le sang français plus calme et non moins généreux ;
Mélange qui produit, dans les chances humaines,
Le faste, la grandeur et le discernement ;
Trois idoles à moi ! que j'aime infiniment.

CHANT TROISIÈME

DEUXIÈME OFFRANDE

DE LA PART DE L'IMPÉRATRICE A LA FRANCE

Incipe, parve puer, risu cognoscere matrem.

I

Tonnez cent fois, tonnez, bronze des Invalides !
Peuples impatients, un enfant vous est né !
Faites mugir l'airain, vieux guerriers intrépides :
Vous triomphez, César, un fils vous est donné.

De par l'arrêt divin, l'enfance impériale
S'agite maintenant sur sa couche royale.
Des anges spéciaux, protecteurs des petits,
Déjà du jeune roi calment les premiers cris ;

Et cependant, rangés en ceintre dans les nues,
Les altiers chérubins aux ailes étendues,
De sons harmonieux font retentir le ciel ;
Les harpes aux fils d'or apaisent l'Éternel.

II

Il existe des temps marqués par la colère,
  Où Jéhova, du sein de sa grandeur,
    Sur les mortels jette un regard sévère ;
Regard insoutenable où se peint sa fureur.
Dans un de ces moments où la nature humaine
Par ce maître est punie, il s'écria : Je veux
Que le grand empereur périsse à Sainte-Hélène,
Prisonnier, et loin d'un peuple belliqueux !

Puis : Ce n'est pas assez que ce géant succombe,
Que mes ordres exprès soient par d'autres suivis ;
Le petit caporal descendra dans la tombe,
Et peu de temps après on y mettra son fils.

III

Le calme pur succède à la tempête,
    Aux jours de deuil les jours de fête.
Aujourd'hui l'Éternel, plus tard, a dit cela :
Enfin, laissons dormir ces foudres qui sont là ;
    Restituons gloire, honneur, espérance ;
    Je veux cesser d'humilier la France ;
        Qu'elle retrouve sa splendeur.
        Rendons-lui le même empereur,
        Le même enfant et le même homme,
        Napoléon, le roi de Rome.

Hommage à l'Éternel !
Aux dons chéris du ciel ;
De ses bienfaits, afin de compléter la somme,
Un Dieu clément nous donne un autre roi de Rome.
Vous qu'on s'occupe d'allaiter,
Successeur qui venez de naître,
Qui ne faites que d'apparaître,
Que puis-je ici vous souhaiter ?

IV

Imitez quelque jour, plein d'un amour fidèle,
Saint Louis, des vrais rois, des chrétiens le modèle ;
Ayez, à son instar, la valeur des héros ;
Appelez près de vous les Sully, les Mécène ;
Père de vos sujets, pardonnez-leur sans peine,
De nos agriculteurs allégez les impôts.

Votre voix enfantine et pourtant efficace,
Cher fils, déjà s'intéresse aux proscrits,
Et je l'entends solliciter la grâce
De ceux qui sont frappés par les coups de Thémis.

V

Saint Louis, grand patron ! qui, sous la cotte d'armes,
Auprès de Taillebourg répandait les alarmes,
Aux pieds du crucifix venait s'humilier
Et voulut à Tunis expirer sur la cendre ;
Il faudra, comme lui, du fond du cœur prier,
La prière rehausse et ne fait point descendre.
Le roi dont nous parlons, à sa mère soumis,
Fut l'exemple des camps et l'exemple des fils.

VI

Un prêtre doit verser, au seuil de notre vie,
Sur nos fronts rachetés un flot qui purifie.
Baptême, Te Deum! Le cantique immortel
Aux parfums de l'encens s'exhale de l'autel.
    , Dans les tours de la cathédrale,
Sonnez, cloches, sonnez! la garde impériale,

La vieille, tout à coup, apparaît l'arme au bras,
    Telle qu'à l'heure des combats.
    Elle apparaît, fracture son suaire
Et forme un orbe vaste autour du sanctuaire.
Au bruit accentué des tambours et des cris,
Sortent de leurs tombeaux les vieux soldats péris !

CHŒUR GÉNÉRAL.

Par l'ordre antique du Messie,
Arbitre de la foi, Pontife souverain,
    Une mère vous remercie,
    Car vous êtes notre parrain.

CHŒUR DES DAMES.

Des couronnes de fleurs ! car voici la marraine ;
    L'un est prêtre, l'autre reine.
    Louangez-la sur la lyre trois fois ;
La tiare est sacrée et le trône a ses droits.
De la messe voici l'auguste sacrifice,
Prosternez-vous, et tous

CHŒUR GÉNÉRAL.

Soyons reconnaissants,
Et qu'en l'honneur de Dieu tout Paris resplendisse
De milliers de feux étincelants.

FIN DU TROISIÈME ET DERNIER CHANT.

Après cette lecture, M. Acker a pris une seconde fois la parole. Voici la fin du discours remarquable qu'il a prononcé :

« Oui, messieurs, l'Empereur, qui sera aussi plus grand que le monde, est un envoyé de Dieu qui l'a conservé au milieu de nos orages comme devant être le libérateur de l'Europe. Dieu, voulant perpétuer cette race de héros pour l'avenir de notre pays, a achevé son ouvrage en donnant un fils à Eugénie, qui, comme la reine Hortense, l'élèvera dans l'amour et pour le bonheur de la patrie. »

Avant de terminer, M. Acker a ajouté : « Permettez-moi, messieurs, de porter aussi les toasts suivants : Aux gouvernante et sous-gouvernantes des enfants de France, qui sont, comme vous le savez, veuves d'officiers supérieurs morts glorieusement sur les champs de bataille pour la défense du pays ! »

A minuit, les convives se sont retirés aux cris de : *Vive l'Empereur ! Vive l'Impératrice ! Vive le Prince impérial !* et en se donnant rendez-vous pour la célébration de la fête de l'Empereur, au quinze août.

Ainsi a fini cette véritable fête de famille, qui laissera de longs souvenirs parmi les fidèles.

La collecte annoncée en faveur des inondés a été faite par M. le président.